TARDES BRANCAS

Afonso Borges

TARDES BRANCAS

26 CONTOS E 5 POEMAS

autêntica

Copyright © 2024 Afonso Borges
Copyright desta edição © 2024 Autêntica Editora

Todos os direitos reservados pela Autêntica Editora Ltda. Nenhuma parte desta publicação poderá ser reproduzida, seja por meios mecânicos, eletrônicos, seja via cópia xerográfica, sem a autorização prévia da Editora.

EDITORAS RESPONSÁVEIS
Rejane Dias
Cecília Martins

PREPARAÇÃO DE TEXTO
Sonia Junqueira

REVISÃO
Elisa Nazarian

CAPA
Diogo Droschi
(sobre imagem de
Daniil Silantev/Unsplash)

DIAGRAMAÇÃO
Guilherme Fagundes

Dados Internacionais de Catalogação na Publicação (CIP)
(Câmara Brasileira do Livro, SP, Brasil)

Borges, Afonso
  Tardes brancas : 26 contos e 5 poemas / Afonso Borges. -- Belo Horizonte, MG : Autêntica Editora, 2024.

  ISBN 978-65-5928-453-5

  1. Contos brasileiros 2. Poesia brasileira I. Título.

24-216247   CDD-B869.3-B869.1

Índices para catálogo sistemático:
  1. Contos : Literatura brasileira B869.3
  2. Poesia : Literatura brasileira B869.1

Cibele Maria Dias - Bibliotecária - CRB-8/9427

GRUPO AUTÊNTICA

Belo Horizonte
Rua Carlos Turner, 420
Silveira . 31140-520
Belo Horizonte . MG
Tel.: (55 31) 3465 4500

São Paulo
Av. Paulista, 2.073 . Conjunto Nacional
Horsa I . Salas 404-406 . Bela Vista
01311-940 . São Paulo . SP
Tel.: (55 11) 3034 4468

www.grupoautentica.com.br
SAC: atendimentoleitor@grupoautentica.com.br

O papa do papo
Humberto Werneck   9

● *Contos*

1. A mentira, o botox e a noite sem estrelas
(Como Helena sangrou mentiras e silêncio)   15

2. A encruzilhada, o assovio e as garças
(Por que Bartolomeu e Murilo tomaram o rapaz pelo braço)   17

3. O coiote, o perfume e a sala fria do PS
(Como o açude fez Mário se encontrar)   19

4. A brisa, a queda, o Gueto de Vilna
(Sobre o dia da morte de Abraham e outro, de gratidão)   21

5. Assaltos, anjos e o oratório
(Como as asas sumiram na esquina, num flash)   25

6. Cova rasa, o delegado e o 32 cano longo
(Como Marilac ficou na vida do menino, que aprendeu a escrever)   29

7. A vodca, os olhos azuis e o poema, enlouquecido
(Como Seu Joca apareceu, vinte e cinco anos depois, no jornal)   31

8. Em Gaza, os olhos de vidro, e Lucas
(Ou a cegueira de quem enxerga e não vê)   35

9. O calor, as pernas de Luísa e o segredo do jagunço
(Como a Praia da Paixão trouxe as almas e os asteriscos do mar)   37

10. O Natal, dois celulares e o marido estranho
(Como Maria foi chutada, na porta do shopping) 39

11. O radar, Roselanche e a velocidade
(Como as multas produzem adrenalina, e a morte) 41

12. O ruído, a caminhonete e as crianças
(Como o carro voou da estrada marginal e ele viu tudo, cego) 43

13. O sinal, a respiração presa e a eternidade
(Quando ódio e esquecimento se misturam) 45

14. O vulcão, o rum e a bola dividida entre continentes
(Como Lígia apareceu do nada e Deus, só no final) 47

15. Quarenta e cinco minutos, o segredo e o vulto
(Sobre a vontade que tinha se instaurado, e o celular) 49

16. Se fosse antes, o cimento, a lápide de concreto
(Sobre como a humanidade acabou em sonho) 51

17. Roberto, França e o duelo na Savassi
(Sobre o ruído que não veio, depois de tanto tempo) 53

18. Toda a tristeza do mundo, num *flash*
(Ou sobre a casca do machucado de Semíramis) 55

19. Uma aura índigo serena as rochas de Göreme
(Como as crianças se tornaram anjos sem olhos) 57

20. As juras na Igreja, as bombas, o sinal fechado
(Como a água escorre na cabeça, ao rezar) 59

21. Helvécio, a visão e Cartagena
(Como as caixas de correio, ao pé da cama) 61

22. Duas mortes, um acidente e o amor, que tarda
(Sobre a velhice e o corredor em espiral, infinito) 63

23. Lucíola, a perfeição e o anel da Turquia
(Sobre o grito que enfim saiu perfeito, sem nós) 67

24. Na divisa, os olhos de carvão em Celeste
(Sobre a Igreja de São José e a dica de Paulo Coelho) 69

25. Sem pensar, o féretro, depois de tantos anos
(A solidão tem vários lados; o medo, não) 71

26. Tarde branca, sem sentido, Père-Lachaise
(A história de um vulto, alcalino, que voltou de madrugada) 73

● *Poemas*

Ao sul da Tempestade 77

Avarias de uma noite & fotos 79

O tempo quando para 81

Piscina do mundo 83

Sobre como os segredos são tratados 85

com ou sem
conto
o tempo
contratempo
me contento
com o pouco tempo
ausência de tino e tento
contemplo

O papa do papo

Humberto Werneck*

E não é que o Afonso Borges, incansável divulgador de literatura alheia, passou para o outro lado do balcão? Não, não é assim que cabe dizer.

Incansável divulgador de literatura alheia, o Afonso se instalou *também* no outro lado do balcão.

Seu primeiro livro de ficção para adultos, digamos assim, a coletânea de contos *Olhos de carvão*, de 2017, teve boa acolhida – mas nem por isso o autor se deu por satisfeito. Mal a obra saiu de suas mãos, Afonso Borges se lançou na árdua empreitada daquilo que o perfeccionista Otto Lara Resende chamava de "despiorar". Todos os 26 relatos, ele conta, foram "lapidados e relapidados", num esforço em que contou com a preciosa colaboração da editora Sonia Junqueira, ninguém menos que uma craque. E assim, depois de piscar para o leitor com *Olhos de carvão*, Afonso pode agora nos oferecer uma versão bem mais do que despiorada – a palavra é: caprichada – daqueles contos, para a qual garimpou título novo, *Tardes brancas*. Fez

---

* Jornalista e escritor, é autor, entre outros livros, de *O desatino da rapaziada: jornalistas e escritores em Minas Gerais (1920-1970)* (Companhia das Letras), *O santo sujo: a vida de Jayme Ovalle* (Cosac Naify), *O pai dos burros: dicionário de lugares-comuns e frases feitas* (Arquipélago) e, como cronista, de *O espalhador de passarinhos*, *Esse inferno vai acabar* e *Sonhos rebobinados*, os três pela Arquipélago.

mais: acrescentou a eles cinco poemas, como para deixar claro que Afonso Borges é prosa, mas não só.

Na verdade, faz tempo que ele está no ramo. Desde os 18 anos vem delivrando escritos nas searas da poesia, da literatura infantil e da não ficção. Tudo, porém, meio na moita, e mais, moita mineira, especialmente densa, como se escrever fosse, para ele, habitar de raro em raro um puxadinho de sua atividade principal, a de espalhar por aí boa literatura dos outros. Custou a sair do armário, mas finalmente se assumiu como escritor.

O outro Afonso Borges conhecemos bem. Difícil, a esta altura, encontrar neste país gente letrada que ainda não tenha ouvido falar do Sempre um Papo, projeto que um garoto audacioso sacou em 1986 com o objetivo de incentivar a leitura no Brasil. Não é novidade, mas vamos lá, com o risco de chover no molhado (clichê, apresso-me em informar, devidamente consignado na página 49 da 2ª edição do meu *O pai dos burros: dicionário de lugares-comuns e frases feitas*).

A fórmula do Sempre um Papo, tão simples quanto bem-sucedida, consiste em botar sob as luzes quem esteja lançando livro relevante e, com direito à participação do público, entabular uma conversa à qual se seguirá sessão de autógrafos. Não há hoje editora brasileira que não queira ter autor seu sob os faróis afonsoborgeanos. Caso o Chico Xavier, lá onde está (se é que saiu daqui depois de haver desencarnado), venha a psicografar obra fina, é bem provável que o Afonso Borges mande instalar mesa branca no auditório. Magnânimo, aceitará que baixe ali o espírito espirituoso de Millôr Fernandes – mesmo que o humorista, ainda na versão carne & osso, tenha faltado, sem avisar, ao compromisso que tinha com uma casa apinhada, deixando o anfitrião no aperto que se pode imaginar.

Nada escapa ao bom faro de quem, nessas quase quatro décadas de Sempre um Papo, totalizando cerca de seis mil eventos, provocou a fala de milhares de autoras e autores – entre eles, dois premiados do Nobel, José Saramago e Mario Vargas Llosa. Feito maior, só se o Afonso convencesse (não duvido) o Jorge Mario Bergoglio, codinome Francisco, a se abalar do Vaticano para um Sempre um Papa.

Mas o assunto, aqui, não é esse projeto que, nascido num boteco de Belo Horizonte, tem hoje abrangência nacional. Estendeu-se pelo Brasil afora, e até mesmo, por um ano, pela Espanha, onde fincou bandeira na Casa de América, em Madri. Vitorioso, o Sempre um Papo conduziu, de modo natural, à criação de festivais literários. A partir do Fliaraxá, que teve estreia em 2012, Afonso Borges já emplacou até agora três outros FLIs: Itabira, Paracatu e Petrópolis. Não será surpresa se hora dessas vier aí um Fliquixeramobim. Me pergunto (e não me respondo) onde é que esse bicho-carpinteiro das letras arranja tempo para escrever ficção e poesia, envolvido que vive com atividades que, além das já citadas, incluem redigir e ler no rádio (vá correndo ao site da Alvorada FM) a coluna diária *Mondolivro*.

No vaivém destas linhas, voltemos ao Afonso Borges que aqui mais interessa, o escritor. Curiosamente, o que ele reuniu em *Tardes brancas* não parece ter sido produzido e despiorado nos estreitos intervalos que lhe concede sua permanente maratona de agitador e promotor cultural. Chega a passar a impressão de ser fruto de aplicação em regime de monogamia. Sem pretensão a alta literatura, são histórias, vinhetas, flagrantes captados por um observador sagaz & capaz, dotado para ver o que há por detrás das aparências, e para destilar seus achados, não raro sutis, com mão delicada e bem-vinda economia de palavras. Coisa de cineasta afiado, pensei ao ler *Tardes brancas*.

Afonso Borges, felizmente, não se mete a revolucionar a arte literária, nem se propõe convulsionar a sintaxe, com o risco de destroncar os miolos do pobre leitor, como também não se aventura a sacar moral da história. Limita-se a mostrar, o que não é pouco. Aquilo que João Cabral de Melo Neto dizia, adaptando para as letras o achado de Paul Éluard a propósito das artes visuais: "escrever é dar a ver com palavras". (Mas nem por isso seja, pelo amor de Deus, mera reprodução jornalística da chamada realidade.) Cabral dizia também que não deve o poeta "perfumar sua flor", "poetizar seu poema". Não sei se o Afonso, em sua atravancada rotina de difusor das letras, já encontrou tempo e sossego para ler "Alguns toureiros", mas sua preocupação pode ser a mesma ali expressa: jamais forçar a mão.

Se assim é, não me peça que aponte preferências entre as histórias e os poemas de *Tardes brancas*. Até porque tudo aqui me parece merecedor de leitura. A lamentar, apenas a circunstância de que o Afonso Borges não possa convidar a si mesmo para um Sempre um Papo. Posso garantir que seria um sucesso.

Contos

1.

A mentira, o botox
e a noite sem estrelas

(Como Helena sangrou mentiras e silêncio)

Nenhum sinal, mancha nenhuma. De pêssego, a pele. Desliza a mão pelo ombro de Thérese, sente um calafrio. Olha mais uma vez para as costas da filha. O viço dos dezoito anos, a calma inspirada, o compasso da respiração. Helena não se contém, sai do quarto aos prantos. Sente vergonha, medo, insegurança. Sentimentos desalinhados. Volta, abre a porta devagar, olha pela fresta, ela dorme. Helena, no entanto, ainda vai demorar muito. Quase toda a noite, talvez.

André chega tarde, encontra Helena acordada, muda. Mais uma vez. Não consegue penetrar naquela tristeza. Todo dia, em silêncio, Helena toma banho; em silêncio, se deita; em silêncio, adormece. Ele não entende essa infelicidade. São trinta anos de casados, anos bons, felizes, sem tormentos nem transtornos. Até aquele momento. Sem força, exausto, apaga. Antes, sente a brisa, a janela entreaberta, noite sem estrelas.

Alegou viagem à casa da tia, em Fortaleza, coisa de saúde. Ele queria ir junto, ia fazer bem para os dois. Ela fez a tia ligar, mentir, falar da saúde comprometida. Ele desconfiou, fingiu entender, ela foi. Helena entrou na clínica de manhã, saiu à noite, direto para o aeroporto. Queria fazer surpresa. Foram sete mil reais em aplicações de botox. Um pouco de preenchimento nos lábios, uma cirurgia mínima para tirar uma bolsa acima dos olhos. Começava a mentira. Em Fortaleza, continuava.

André tomou coragem e chamou Thérese para conversar. A filha já tinha reparado, a mãe andava estranha nos últimos tempos. Calada, triste, chorosa. E muito apegada a ela. Ele suspeitou que o amor tinha ido. Coração gelado, sentiu o baque. Trinta anos juntos, uma vida, pensava. Thérese decidiu ligar para Fortaleza. Nada. A mentira tinha se espalhado, a família era cúmplice. Olhou fundo para o pai, desistiu. Isso parece sério, pensou.

A semana passou rápido. Helena quase perde o avião de volta, uma correria. No aeroporto, André e Thérese esperando, ela chega. O susto. Autor, o sorriso que não sorria, o rosto que não se movia. Os olhos dilatados, os lábios ainda um pouco inchados. Susto, expectativa, engano. Susto. Não havia como disfarçar o espanto. Era outra, a Helena em silêncio no carro, a caminho de casa. A surpresa, a mentira. André tentou desfazer o mal-estar, saudades, como estava a tia, sua saúde. Thérese desviou o olhar mais de uma vez. No banco de trás, deixou escapar uma lágrima. Helena se sentiu traída.

Anos depois, na Praça Raul Soares. André caminha ao lado de Thérese. Helena se mudou para Teresópolis, fazia revisão de texto e dava aula de português. André, silêncio, Thérese, coração em arritmia. Em ambos, noite sem estrelas.

2.

A encruzilhada, o assovio
e as garças

(Por que Bartolomeu e Murilo tomaram
o rapaz pelo braço)

Finalmente, terminou o texto. Imprimiu, leu novamente, rabiscou, trocou palavras e frases, depois corrigiu no lap. Parou, deu voltas, mergulhou no ruído da cidade, absorto. "O menino, o assovio e a encruzilhada." Frases curtas e o assovio, mágico, mudando o cenário e transformando tudo. Perto de Maurice Druon. O que diria Bartolomeu? Finalizou o arquivo, abriu o navegador e mandou para o e-mail dele, com uma longa carta. O que ele diria? Precisava saber.

Murilo sempre caminhava por ali. Subia a Avenida Augusto de Lima, saindo de seu apartamento, no prédio ao lado do Maletta, em direção à Imprensa Oficial, onde ficava o Suplemento Literário de Minas Gerais. Vinha devagar, às vezes gesticulando e falando sozinho. Sempre ali pelas oito e meia, hora que o rapaz saía para trabalhar no Banco. Quando Murilo o via, chamava. "Mudei o final do conto", ia logo dizendo. Ele ouvia, atento, as histórias de dragões e torvelinhos. Todo dia, um final diferente. Às vezes repetia um que já havia sido mudado. Mudava para o anterior. Murilo-invenção.

O telefone preto, imenso, pesado. Não sabia por quê, mas lembrava-se muito daquele telefone na casa de

Bartolomeu. Ficava horas sentado em uma pequena cadeira no final do corredor, conversando. Quando não tocava, ia conferir se estava mudo. Era só tirar do gancho que dava linha. Sua indignação meio santa, meio opaca, tinha lugar ao telefone. Uma vez chegou a dizer que podia conversar com espíritos, pelo telefone, com gente morta. Esperou e não recebeu o e-mail dizendo que aquele endereço eletrônico não existia mais. Mas não bastava. Precisava saber o que ele achava. Precisava.

Murilo sentado na mesa do Pelicano. Um chope claro, com espuma, desencadeou a enxurrada de histórias. Ou, às vezes, apenas uma, sistemática, insistente, única, repetida. O trecho das leoas devorando o elefante impressionava, mas não estava resolvido. As garças voavam ao redor, impedindo que os abutres se aproximassem. Era uma terra sem sol nem noite. Apenas a penumbra mágica das nuvens eternas. "Outro planeta", pensou o rapaz. Murilo-invenção.

Sentado na cadeira, deslizava a mão sobre o braço de metal polido. Era uma cadeira modernosa, de metal, com o braço em curva. Depois da centésima vez, repetido o gesto, olhou, teatral: "Não haverá mais governo, um dia. Nem leitura, nem literatura. Um dia não haverá mais nada. Sobrarão apenas os professores e as professoras, ensinando ao vento. Tenho muita pena das professoras que não sabem disso – que não sabem que esse dia virá". Olhou novamente o e-mail, nenhuma resposta. Indignou-se. Morte.

Murilo Rubião veio andando, sem parar, segurou em um braço do rapaz, que continuou andando. Bartolomeu Campos de Queirós acompanhou os passos e segurou no outro braço. Começaram a levitar. Entendeu a encruzilhada, o caminho a tomar. E ouviu o assovio. Maurice Druon.

3.

O coiote, o perfume
e a sala fria do PS

(Como o açude fez Mário se encontrar)

Chegou no restaurante italiano chique com duas putas. Chegou falando inglês. O cheiro de perfume barato infestou o salão. Ele e duas mulheres negras. Disse ao ouvido da que se sentou ao seu lado: "Vocês estão arrasando... todo mundo olhando!". E foi logo pedindo espaguete à bolonhesa. Ao redor, constrangimento. Talvez mais pelo perfume do que, propriamente, pelas companhias. Eram duas lindas mulheres. Não havia mais lugar para ele em Governador Valadares. E seu visto havia sido recusado três vezes. O jeito era arranjar um coiote. Tinha o contato, sabia de outros que conseguiram. Mas era o pior dos tempos. A vigilância na fronteira do México tinha apertado, uns presos, outros sumidos. Tinha medo. O muro, o arame farpado, tinha medo. Medo de morrer, não. Medo de ser pego.

Elas eram elegantes, discretas. A noite tinha sido puxada. Mário tinha tomado dois viagras, ensandecido, e passou muito mal. A pressão baixou, assim como todo o resto, e as duas cuidaram dele como se fosse uma criança. Ao final, não teve jeito, tiveram que levá-lo ao hospital. Priapismo, disse o estagiário no PS. Vai ter que fazer uma cirurgia. Mário desceu da maca. Ameaçou correr.

Dezoito mil reais, afora a passagem. Um intermediário brasileiro, lá de Valadares, cuidou de tudo. Cara de vagabundo. Tinha que ser na confiança. Dinheiro adiantado, sem nenhuma garantia. Vendeu tudo o que lhe restava, até a televisão. A passagem foi parcelada em doze vezes no cartão da tia Miréia, aposentada no Ipsemg. Embarcou para a cidade do México, com escala em Cancún. Foi em um pacote da operadora. Era assim o esquema.

Foram necessários quatro enfermeiros para segurar o Mário. Ele só quietou quando o cirurgião chegou e disse: é isso ou a amputação. Pode escolher. Calou. E foi fazer o risco cirúrgico. "Tem gente que fica até quatro dias com ereção", ouviu às suas costas. Desmaiou. Acordou pelado, babando, numa sala gelada e branca. "Tô morto", pensou. Cheio de sondas no braço, apalpou. Murcho, mas ainda estava ali. Alívio.

Do México para a fronteira, um caminhão tosco, fechado, com mais trinta imigrantes. Sujos, fedendo horrores, lembrou do açude e da água clara da sua terra. Mergulhou, em viagem. Um solavanco, parou. Tarde da noite. A ordem era correr. E ele foi. Chegou no muro, subiu, pulou. Ouviu um estampido e sentiu uma fisgada quente na perna, caiu do outro lado. Sangue, dor. Mas só depois. Agora era correr.

Terminou o prato de bolonhesa, as duas olhando. Elas viram a gratidão. Decidiu contar sua vida. Começou pelo visto, recusado três vezes. Mas queria chegar logo era na parte do açude.

4.

A brisa, a queda, o Gueto de Vilna

(Sobre o dia da morte de Abraham e outro, de gratidão)

Aquela ligação que todos os escritores esperam. Recebeu com o coração aos pulos. Ouviu, sim, inglês perfeito – com sotaque, mas perfeito. As palavras foram claras: *Nobel Prize*. Foi para a televisão e ouviu o noticiário. Nobel de Literatura, Abraham Sutzkever. Agora era cuidar da viagem, da roupa, pensou. E pensou muito no que vestir, estranho. E o que escrever no discurso. Abriu a janela, o vento árido, ar de Israel.

Foi preso um dia antes do início da Segunda Guerra Mundial, com sua mulher, e encarcerado no Gueto de Vilna, na Polônia. Por sua formação, foi destacado pelos alemães para censurar obras de arte e documentos raros. Fez o trabalho sujo, mas conseguiu esconder, atrás de uma parede de tijolo e gesso, um diário de Theodor Herzl, desenhos de Marc Chagall e Alexander Bogen, entre outras joias.

Imprensa, telefonemas, entrevistas e um assédio irritante. Todos falavam sobre o seu *Geheymshtot*, um poema épico sobre os judeus escondidos no esgoto de Vilna. Há muito nem pensava mais nisso. Temia o pior. Temia lembrar. Temia ser obrigado a lembrar. Fechou-se. Trancou-se. O telefone tocou, novamente.

Sua mulher e seu filho recém-nascido tinham sido assassinados no Gueto de Vilna. Ele desandou a escrever poemas em iídiche. Conseguiu fazer com que um caderno com os textos chegasse ao comitê antifascista soviético. Eles concordaram em salvá-lo. Fugiu com mais vinte judeus pelas florestas geladas. Sabia que estava sendo perseguido. O ponto de encontro estava marcado: dois dias depois, na clareira de Baltse. Era simples chegar lá. Era só chegar.

Ele conhecia aquela batida à porta. Pausada, leve e nervosa. Seu irmão, Salvan, não esperou ser atendido. Entrou, longos braços abertos. Abraços, cumprimentos efusivos, há muito tempo Abraham não sentia o cheiro de Salvan. Cheiro de cigarro seco no cinzeiro. Deslizou, sentou-se, ofereceu um chá. Sentiu o torpor do ambiente, viajou nos motivos de toda aquela celebração. "É o dinheiro do prêmio", evitou o pensamento.

Noite alta, aos poucos, todos foram sendo presos novamente e colocados em um campo improvisado, ali mesmo, no meio da floresta. Para evitar fugas, foram cercados com arame farpado, feito bichos. E vigiaram, despertos. A ordem era cavar, pela manhã, um grande buraco, todos ouviram em bom alemão. Desconexo, Abraham pensava em como iria chegar ao ponto no qual o avião ia buscá-lo, dois dias depois, como combinado.

O telefone não parava em Tel Aviv. Ligações principalmente dos amigos parisienses, fraternos, desde a Segunda Guerra. Mas a cena dos acadêmicos do Nobel, a entrega, a exposição tantas vezes vista na tela com outros escritores, provocava enjoos. Ia fazer setenta e oito anos. Imaginou a viagem até Estocolmo. Só imaginou. E tudo ficou turvo. Não queria lembrar. Mas estava perto.

O olhar fixo no nada de Franz Murer, assassino de sua mulher e filho. A cadeira do Tribunal de Nuremberg era gelada. A madeira tosca e encerada piorava o suor das mãos. A fala era dele, sabia. Mas a imaginação ia longe, perto do mal, longe do real. Um sonho que se desdobra em outro, em espiral. Iídiche, o alemão, o hebraico, línguas se misturam. Sua mulher e o pequeno ressuscitavam. Mas ele falou o suficiente. Ouviu a sentença sem emoção. O dia amanheceu mais frio que o normal. Chão duro de cavar. Os alemães já tinham avisado, acordem cavando. Não houve como escapar. Cavavam com as mãos. Todos ao redor do buraco, armas apontadas. Olhos ao redor, a visão do conjunto, o timbre delicado do sol nascendo. Em breve, a destruição da alma, do corpo. Espera o estampido. De repente, um mal súbito, ele cai primeiro na vala, antes dos tiros.

A televisão ligada, alta, facilitava as coisas. A surdez do ouvido esquerdo também. Divagou e viu Salvan girando a maçaneta, dando as costas e a porta se fechando. Divagou e sorriu. Mas ele continuava ali, falando e gesticulando. Não havia escrito tantos poemas para isso. Os poemas do Gueto de Vilna eram chaves para a liberdade. Eles foram a chave de sua liberdade. Agora, a chave girava, em outro sentido, em sua alma. As coisas.

Acorda no escuro, gosto de sangue na boca. Cadáveres acima e ao redor. Luta, desesperado, para sair. Aos poucos, vê a luz do dia. Terra, sujeira, horror e sangue. Sai dali sem olhar para trás. Corre, chega no ponto combinado um dia antes. Espera. O pequeno avião pousa e o leva para a Rússia. Era abril de 1943.

O telefone insiste. Atende, agradece. Imagina a cerimônia de entrega, as palmas, a brisa. A lembrança vem. E agradece, novamente, ao desligar.

5.

Assaltos, anjos e o oratório

(Como as asas sumiram na esquina, num flash)

Reunidos em semicírculo, armados, falavam manso. "Daqui pra frente, todo mês, a gente passa pra pegar o nosso", disse. "São dez por cento de tudo o que vocês faturarem aqui. Não vamos nem conferir, se for menos, a gente vai ficar sabendo. Mas todos os dias vocês vão ver um dos nossos passando por aqui, conferindo a segurança, pegando os vagabundos. O Santo Antônio vai ficar limpo."

"Vou na hora do almoço", disse Mary. "Já pedi o carro, saio da empresa, direto. Tiago vai me pegar e volto no dia seguinte." Na hora certa, Tiago estacionou no outro lado da calçada. De repente, sai correndo do carro e esmurra a grade fechada do portão. Grita. O vagabundo tinha rendido o carro, mas Tiago tinha levado a chave, daquelas *wireless.* O homem sai furioso, gritando "Cadê a chave, cadê a chave?", apontando o revólver para as costas do Tiago. Um anjo vem, o vento das asas.

Todos saem tranquilos da "reunião". Amâncio não se levantou da cadeira, cabeça baixa. Um anjo vem, senta ao lado, cabeça baixa, serena o ambiente. Amâncio acende uma vela pequena, daquelas redondas, no seu oratório. Troca a água da xícara, reza. Olha a rua, onde viu cinco assaltos nos últimos cinco dias, pensa em largar tudo. Agora, é a milícia. Paz, onde haveria ordem, desordem. Nem liga para os dez por cento. Volta para sua cadeira, novamente, baixa a cabeça. O anjo ainda está lá.

O vagabundo desiste de atirar. Desce a rua, andando calmo, como rei – ele é o dono. Samantha está estacionando o carro. "Perdeu", grita o homem, "sai daí". Ela dá um salto para trás, entrega a chave do Siena 2009. Vê de relance o revólver marrom, pula para a calçada, chora. Chega aos prantos na empresa, levaram meu carro. Tiago se recupera, ajuda, o portão é aberto, todos veem, ainda, o *flash* do carro na esquina. Hora de chamar a polícia. Nada a fazer. Ninguém sente o anjo, em pé na grama da frente da casa.

Amâncio faz contas, digita e-mails, toca a contabilidade que será compartilhada com seus novos sócios, os da Milícia. Mas ainda não compreendeu o todo. Cinco assaltos, cinco dias seguidos, confusão, ocorrências, quase milagres, sustos. Foi para a seção de imóveis, passou preços, endereços, aluguéis, compras, novamente o medo e a serenidade, juntos. Mas pior foi com a Bella. Isso foi a gota d'água.

Dia seguinte, Letícia chega chorando, 10 horas da manhã. Amâncio corre para ajudar, vê de longe o sangue na blusa. Um motoqueiro a cercou no meio do quarteirão, me dá a bolsa, ela "Não, não dou". Ele sacou um estilete, cortou seu braço, fugiu com a bolsa, correria. Foi um corte mínimo, a blusa protegeu. Ela nem pensou duas vezes, pediu demissão na hora. Amâncio corou, sentiu o hálito do anjo. Letícia, ilesa. No outro dia, Bella chega para almoçar no restaurante com Amâncio, meio quarteirão só, bufando. Um motoqueiro a cercou para roubar o celular, ela, doida, correu. Fugiu. Amâncio correu para a porta. Viu, nitidamente, asas, num *flash*, ocultas na esquina.

À frente do oratório, decidiu que era A Hora. Milícia nem ficou sabendo. Chegou no final do mês, casa vazia. Sem anjos no bairro com nome de santo.

6.

Cova rasa, o delegado e o 32 cano longo

(Como Marilac ficou na vida do menino, que aprendeu a escrever)

"Coca-Cola", pediu novamente. Seu João Meriti ordenou: "Manda buscar uma caixa lá em Valadares". Dia seguinte estava lá, uma caixa, aquela Coca de vidro, média. Poderia tomar uma por dia, só. Seu João Miriti, o Prefeito, queria tratar bem aquele menino de cidade, ali, na pequena Marilac. "Sabe atirar? Vem cá aprender." Pegou o Smith & Wesson? 32 cano longo. O cabo de madrepérola tinha um rachado no alto, observou. Apontou para umas garrafas lá no fim do pátio. Disparou cinco vezes.

O clima na redação era o pior possível. Ameaça de greve, Honório nervoso, trançando de lá para cá, na maioria das vezes gritando. Passos largos, atravessava a redação em segundos. Todos fomos para a reunião de pauta, a do meio-dia. O Delegado tinha ligado para o dono do jornal. Queria o Antônio fora do jornal. Honório mediou, dizendo que ia tirar ele daquela reportagem. Detestou fazer aquilo, mas era isso ou rua.

Seu João Meriti passou o 32SW para o menino. "O último tiro é seu. Vai." O cano longo é mais difícil de mirar, mas mesmo assim disparou, atingindo nada. Tomou o coice, quase deixou o bruto cair. Seu João deu uma longa gargalhada e vaticinou: "Você não sai daqui sem acertar aquela garrafa de Coca". Coração acelerado, aos pulos, o menino gaguejou. O pulso doía. Pensou o quanto estava longe de casa. E foi andar a cavalo.

Delegado mentiroso de merda! Forjou o flagrante no filho do Deputado, colocou três papelotes de cocaína no carro, fichou o rapaz. Vai dar artigo doze, quatro a seis anos de jaula, pensou Honório. Na reunião, foi logo dizendo: "Antônio, você vai para a Editoria de Cidades. Tá fora do caso. Quem mandou invadir a sala do Secretário de Segurança Pública e pedir satisfação com gravador ligado? O cara ficou furioso, ligou para o Governador. É isso, ou rua. Decide".

Fim de tarde, noite chegando, juntou três jagunços, selaram cavalos e foram passear. Escureceu de repente. No final de uma curva, mata fechada, um brilho mínimo. Seu João parou, deu uma empinada no cavalo, voltou, pegou o menino pela cacunda e o jogou violentamente uns dois metros para o lado, no meio do mato. Fica quieto aí. Foi a conta de falar e o tiroteio começou. Emboscada. No escuro, tiro parece fogo de artifício. O revólver brilha. Durou uma eternidade.

Foi para a Editoria de Cidade cobrir acidente de trânsito. O Delegado mentiroso, hoje, trinta anos depois, é deputado. Antônio virou escritor, ficou aqueles dez anos na redação, trabalhou em assessoria do Estado, casou, teve três filhas. Tem vários livros publicados, mas ganha dinheiro só com os infantojuvenis. Os adultos não vendem nada. Agradece, de vez em quando, ao Delegado mentiroso. Começou a escrever ficção ali, no meio da verdade.

Parou o tiroteio. Seu João Meriti gritou, apreensivo: "Menino!". Ele saiu da moita e viu os jagunços pegando os corpos dos pistoleiros. Eram dois, estavam em cima da árvore, de tocaia. Com um pedaço de pau, abriram cova rasa. Os corpos ali, pouca terra por cima. "Você não sai daqui sem acertar aquela garrafa de Coca", repetiu Seu João, no escuro.

7.

A vodca, os olhos azuis
e o poema, enlouquecido

*(Como Seu Joca apareceu, vinte e cinco
anos depois, no jornal)*

Seu Joca pulou o muro, novamente. Era a terceira vez naquela noite. Walquíria gritou "não aguento mais, vou embora deste lugar". Ele nem se incomodou. Voou para a geladeira, agarrou uma garrafa de vodca e foi para os fundos da casa. Eram quatro e meia da manhã. Os vizinhos já tinham chamado a radiopatrulha por causa da barulhada. A lua, lisa e luminosa. Seria fácil achar Seu Joca no meio das plantas, no quintal, pensou Luís.

No décimo andar do prédio de luxo, Luís leu no jornal a notícia da morte dele. Uma noitada que nunca esqueceu. Seu Joca entrando de um lado do restaurante, ele pulando o muro do outro, para a gargalhada geral da turma. Era a terceira noite seguida que ia pedir dinheiro para beber. Estava combinado, ninguém ia pagar nem emprestar. Normalmente, ele ia embora. Mas aquela não era uma noite normal, Luís intuiu.

A primeira vez que ele pulou o muro, Walquíria foi delicada. Sentou com ele, conversou, até deu um copo de cerveja. Seu Joca falava do poema, tinha perdido o papel no boteco. E inventava versos. Tinha acabado de receber o dinheiro do Prêmio de Redação Nacional. Ele sempre fazia isto: inscrevia os filhos nos prêmios, escrevia o texto e ganhava. Os meninos eram campeões. Ganharam até um prêmio internacional de poesia infantil, uma vez. Não ele, claro. Eles, os filhos. Walquíria colocou seu pai para fora de casa, decidida. Ele foi.

Aquela era uma noite diferente, pensou Luís. Como Seu Joca não ia embora, boca seca, cansou de ficar lá fora e decidiu voltar para o restaurante. Entrou, disfarçou como se tivesse chegado naquele momento. Seu Joca esbravejou, disse que estava lá havia horas, esperando. Tinha que lhe contar uma coisa. Arrastou Luís para o canto do restaurante. Os amigos explodindo de rir. E contou: Walquíria estava grávida. Tinha certeza. Viu nos olhos dela. O chão se abriu. Não era só intuição.

A segunda vez que ele pulou o muro foi um barulhão. Caiu em cima das gaiolas dos porquinhos-da-índia. Luís correu lá, pensou: ladrão. Encontrou Seu Joca estatelado, sangrando na mão. Pediu pinga. Luís lavou sua mão, limpou o machucado, Walquíria nem se mexeu na cama. Pegou uma garrafa de cerveja, colocou do lado de fora de casa, botou ele para fora, fechou o portão. Ele ficou, quieto, sentado no meio-fio, falando sozinho. Agora ele vai embora, pensou. Ele falou um poema inteiro, lindo, enlouquecido. Luís ficou ouvindo atrás do portão frio. Lindo de morrer.

Levantou-se inquieto, fechou o jornal. Aquela noite em que o chão se abriu e hoje, vinte e cinco anos depois, a notícia no jornal. O olho no vidro do berçário. O menino era louro de olhos azuis. Dúvida desfeita: era filho do chileno que Walquíria tinha conhecido no Congresso de Contabilidade, no Rio de Janeiro. Ela não mentiu, contou que tinha conhecido um cara legal, ficou com ele. Era a tal relação aberta. Deu nisso.

Vasculhou o quintal, nada de Seu Joca. Veio a radiopatrulha, e ninguém o achou. Nem a garrafa de vodca. Todos foram dormir. Ele pulou o muro, pensou, lendo seu nome em letras garrafais, no anúncio fúnebre. Súbito, lembrou-se do poema. Enlouquecido, lindo. Sentiu o portão, o frio. Lindo, lindo.

8.
Em Gaza, os olhos de vidro, e Lucas

(Ou a cegueira de quem enxerga e não vê)

Lucas hoje tem olhos de vidro. Lembra o tempo em que andava pelas ruas lendo livros, trombando nas pessoas. O tempo em que lia sentado no meio-fio, de noite, à luz dos postes, esperando ônibus. Depois, lia durante todo o trajeto, no balanço do balaio, como cantou Vander Lee. Hoje seus olhos ardem muito no final do dia. Como pimenta.

Lucas hoje lê com seus olhos de vidro, outros vidros: a tela do computador, do celular, do tablet, do iPad. A televisão substituiu a emoção do romance. Na tevê ele encontra o hormônio delirante da imaginação que desistiu, há muito, de buscar no livro. Seus olhos e sua alma são de vidro, hoje. Não há janelas da alma.

De vidro estão, e são, os óculos e os olhos de Lucas. Mas estouram as bombas nos túneis de Gaza. Os túneis escuros de esperança e ódio; de planos e desenganos. Terríveis, as fotos das crianças destroçadas decoram os vidros que os olhos de Lucas veem. Mas tudo se quebra. Ninguém está preparado para isso, pensa, enquanto vidro.

Sem paz, os olhos de Lucas experimentam o olhar triste do mundo. O olhar que as centenas de livros lidos não explicam. O olho de vidro que vê fotos e imagens, no olho de vidro da mídia. Sem paz alguma, sem luz, cego. A cegueira torpe de quem enxerga e não vê.

Os olhos de Lucas coçam como pimenta ao final do dia. O olhar de Lucas se vê nos outros olhares e se desfaz na ausência de sentimentos. A segunda-feira nasce alucinadamente azul na luz de agosto, e o vidro continua, perpétuo, a moldar as sensações, afastando os sentimentos. Córnea pétrea.

De súbito, Lucas se vê sentado no meio-fio, lendo livros, no ponto de ônibus, à meia-noite. Ninguém por perto, só os ruídos dos carros passando. Havia paz naquele encontro entre olhos e papel. E o coração aos pulos, de linha em linha. Como um raio, desceu a cena de Raskolnikoff vindo por trás da velha usurária, em *Crime e castigo*. Era um tempo sem vidros, pensou.

Os olhos de vidro de Lucas não são cegos. Só selecionam sentimentos. Ou permitem que o vidro, híbrido, orgânico, faça o serviço. Tem a mente segura e equilibrada no olho de vidro do celular, agora. Ontem também. E amanhã, ao acordar, será o toque do aparelho a sua primeira sensação. Seu primeiro pensamento após o sonho, logo esquecido.

A realidade, agora, passa a ter olhos de vidro. Lucas sai à rua e assiste, atônito, a um assalto no restaurante em que janta. Gritos, tiros, sangue à sua frente, o susto imenso de uma morte. Sim, está acontecendo, é real, ele pensa, imerso em vidro. O corpo de Lucas, onde habitam seus olhos de vidro, não se mexeu. Assistiu, televisivo, os acontecimentos terríveis.

Lucas pensou em Gaza. Imaginou os túneis. Engatinhou por eles até que uma bomba destruísse tudo. Viu seu corpo ser destroçado, soterrado. Sentiu tudo, em vidro. Seus olhos começaram a arder. Tirou os óculos, vista cansada, desligou o celular.

9.

O calor, as pernas de Luísa e o segredo do jagunço

(Como a Praia da Paixão trouxe as almas e os asteriscos do mar)

Eric entrou no salão de beleza meio sem graça e foi logo se sentando. Instalado, perguntou: "Posso ficar aqui um pouco? Preciso terminar a leitura deste livro". As oito ou nove mulheres se entreolharam, espantadas. Mudas estavam, mudas ficaram. Até que uma senhora alta, obesa e oleosa assentiu com a cabeça, nem um pouco satisfeita.

Com a cara enfiada no livro, passaram-se uma, duas horas. Tinha que sair dali, pegar uma carona. Duas semanas na Praia da Paixão, olhando Luísa, sem poder fazer nada, era insuportável. Duas semanas comendo sopa de tartaruga no jantar e bife no almoço. A carne de tartaruga é macia, saborosa, elegante. A carne de Luísa também. Mas são ambas incompreensíveis. Já era hora de colocar na estrada o dedo de carona, pensou Eric. "Moço, você é de onde?", perguntou uma magrinha, lá no canto oposto, enquanto a manicure tirava as cutículas. Devagar, levantou os olhos. "Belo Horizonte", respondeu, já imaginando que estava na hora de ir. Mas não dava. Tinha que ficar no salão de beleza mais quatro horas. Era o único lugar com ar-condicionado da cidade. Lá fora, o bafo cozinhava o asfalto. Fazia uns quarenta e cinco graus na Praça de Almenara. O ônibus para Alcobaça saía apenas às dezenove horas. Inferno.

A noite na Praia da Paixão vinha com a voz serena de Luísa. Cumprira o combinado, encontrar com ela e Marília, que a acompanhava. Como se pode supor, acompanhava e atrapalhava. As duas foram dormir. Conseguiram um quarto mínimo atrás da choupana onde funcionava um boteco. Cabiam os três, apertados, e olhe lá. As duas foram dormir e Eric ficou, com o violão. Duas horas da manhã, e a lua nasceu no mar. Um ovo, lua minguante, vermelha. Os asteriscos na água piscavam. Eram almas, os antigos diziam.

"Moço, você não quer cortar o cabelo?", finalmente veio a pergunta, já era hora de tirar o time de campo. "Quero não, moça, mas posso contar uma história para a senhora. Aliás, para todas vocês. É a história deste livro [mostrou a capa], em que um jagunço impiedoso guarda um segredo que leva consigo até a morte. O autor é daqui de perto, de Cordisburgo. Formou-se médico, diplomata, rodou mundo e morreu um dia depois de tomar posse na Academia Brasileira de Letras." As mulheres gostaram da parte da morte.

Estava na hora de dormir, noite e lua altas. Abriu a porta de sapê do cômodo mínimo e Luísa dormia com as pernas para cima, recostadas na parede. Linda. Chega. Entrou, pegou sua mochila em silêncio e foi para a estrada. Logo ia amanhecer. À primeira luz, passou uma Rural Willys. Pediu carona, o cara parou. Sentou-se entre o motorista e um botijão. Ele controlava a aceleração do carro abrindo e fechando a chave do gás. Lembrou-se das luzes no mar, dos asteriscos, e rezou fervorosamente. Não gostava de explosões. "Moço, você inventou todas estas histórias?", perguntou a magrinha. "Eu, não, Guimarães Rosa", respondeu Eric. E saiu, depois de quatro longas horas falando feito pobre na chuva. Pegou o ônibus na hora certa. Em breve, Alcobaça e, depois, Praia da Paixão.

10.

O Natal, dois celulares
e o marido estranho

(Como Maria foi chutada, na porta do shopping)

Quando sentiu, já estava no chão. Na porta do shopping, rua lotada. O cara por cima, tirando o cordão, os anéis, a bolsa agarrou no ombro. Ele puxou, ela segurou. Todo mundo olhando, sem fazer nada. Ele chutou sua barriga, ela se encolheu, soltou a bolsa. Ele correu pela Rua Lavras na direção da favela. Subiu. Ela ficou, a dor, a humilhação. O pensamento veio em meio ao sofrimento: o que tinha na bolsa? Cartão, carteiras, chaves, talão. Branco.

"Pai, fecha os olhos", pediu. "Espera, tô ocupado." Entrou espavorido no barraco, trancou. Foi logo jogando o conteúdo da bolsa na cama desarrumada. Direto na carteira: mil e quinhentos reais, cartões de crédito, documentos. Fora: dois celulares, chaves, muita porcaria de mulher. Sandra chegou, meteu a mão, pegou um batom, base, outras coisas. O Natal estava garantido. Deu sorte. Mas não precisava ter chutado, passou rápido um pensamento.

Não se lembrava de jeito nenhum do número do telefone da sua casa. Nem do marido. Entrou num táxi, foi para a empresa. Chegou aos prantos. Eles levaram tudo, até as chaves, gritava. Celso, colado na tela do computador, lendo notícias na Globo.com. Ficou imóvel. Ouviu tudo ao seu redor, coisas rodando, as chaves. Mudou de tela para a Paciência. Começou a jogar. Ouviu quando o marido chegou, com a filha recém-nascida, ouviu o choro. Mas continuou em branco.

Centro da cidade, o barulho absurdo de sempre. Jogou os dois celulares no balcão – desbloqueia. Quinze reais cada, o cara falou. Mas ontem não foi dez? Natal. Toda hora chega um, tô lotado. Vai? Tudo bem. Quinze minutos depois, tenta ligar, está bloqueado. Acessa os contatos, nada de mais. Passa no Jorge, entrega. Cada um sai por cem reais. Seu filho o puxa pela blusa, pede para comprar uma bugiganga. "Fica quieto", responde. Hora de voltar, deixar o menino com Sandra. Tem que rolar outra parada.

Ao lado dos policiais, assiste ao vídeo do assalto na sala de segurança do Shopping. Ao redor, todos veem como se fosse um filme de verdade. Ao redor, a cena real se torna ficção. O chute cenográfico, os puxões na bolsa, cenográficos, a dor, cenográfica. Ninguém moveu um músculo. Viu uma mulher no chão, sofrendo de dor e humilhação. Quem seria? Não se reconheceu. Agarrou forte a mão do marido, que suava de revolta e alheamento. Olhou ao seu redor, os policiais, os seguranças. Tudo normal, cenográfico. Sentiu a dor no estômago. Pensou nas chaves. Sentiu o branco.

Parado na porta, do outro lado da rua, viu passar a moça de ontem, sem bolsa, olhos vermelhos. Sandra pegou o menino pelo braço e viu nos olhos do seu homem um estranho. Pronto para outra.

11.

O radar, Roselanche e a velocidade

(Como as multas produzem adrenalina, e a morte)

Viu a câmera apontada diretamente para ele. O carro passava de cento e cinquenta quilômetros por horas. O policial, sentado na traseira aberta de uma SUV, acompanhou sua trajetória. Olhou no retrovisor e ele estava em pé, ainda filmando. Pensou, em milésimos de segundo, em frear. Impossível, poderia capotar. Agora virá a multa, astronômica, e os pontos na carteira. Todos os piores sentimentos vieram, com a adrenalina. Para que correr tanto?

A reta, imensa, logo depois da curva. Perfeito, vou pegar um atrás do outro. Ontem foram mais de oitocentas multas, mas hoje, com sol alto, e começando agora, às cinco da matina, vou bater minha meta e saio daqui com mais de mil na tela. O novo equipamento é um TruCAM, um radar móvel com câmera fotográfica, capaz de autuar mais de trezentos veículos por hora! Só nos três primeiros dias, foram 5.867 flagrantes. E o melhor, pensou: não precisa entregar a multa. A foto é a prova.

Parou no Roselanche. Mais da metade da viagem cumprida, daqui a pouco, BH. A imagem do policial sentado na traseira aberta da SUV não saía da cabeça. Logo depois da curva, estrada aberta, livre, é normal acelerar um pouco. Faz contas da pontuação na carteira, imagina o valor da bruta, sobe a adrenalina. Vontade de voltar e encher o cara da Polícia Rodoviária de porrada. Vira o carro. É uma da tarde. Sol a pino. Sede, olhos e braços doendo. Está ali há seis horas. Olha os números no radar. Bateria acabando, mais de quatrocentas multas. Vou chegar a mil, hoje. Nem que torre no sol. Deixa a máquina anda um pouco, alonga, pega a garrafa de água, bebe de um gole. Passa um bólide a duzentos por hora. Corre, pega a câmara, filma a traseira e pronto. O TruCAM alcança até mil metros. Mais um. A barriga geme, fome. Mas não vai sair dali.

Na volta, um pare e siga. Não tinha visto na ida, uma hora atrás. Decidido a encontrar o policial, enlouquece com as hipóteses. Ar-condicionado no talo, lá fora 35 graus. Adrenalina. A demora e, finalmente, o siga. Pisa fundo, vai encontrar aquele cara, infame, escondido. De longe, vê a SUV parada no mesmo lugar. Acelera. Pisa fundo.

Concentrado na outra direção, não percebe o carro vindo a uma velocidade impressionante. Passa feito uma bala, nem dá tempo de acionar o radar. Mas vê ele parar, fazer o retorno na curva e vir em sua direção. Instintivamente, ele aponta a câmara. E acompanha ele chegar, até o último segundo do registro. O TruCAM filmou tudo.

12.

O ruído, a caminhonete
e as crianças

(Como o carro voou da estrada marginal e ele viu tudo, cego)

O pó de vidro nos olhos. A dor terrível ao piscar. Andava devagar na marginal da rodovia. Andava a pé, pensando, como fazia todos os dias, havia anos, ao sair do trabalho no Condomínio. Viu o carro voar à sua frente, em sua direção, vindo da estrada principal. A caminhonete, uma dessas novas, SUV, bateu no teto do carro que estava passando, em contrário, e capotou. Em sua direção. Pensou que era filme. Mas aí ele viu.

Jantar. Fome. Mas ainda tinha que passar no escritório, pegar sua pasta, depois buscar a esposa, pegar as crianças no colégio e subir. Rotina, normal. Uma chuva fina, nada – vou chegar rápido, hoje, pensou. São vinte e nove quilômetros, quase trinta, até o Condomínio. Absorto, riu das crianças fazendo zoeira. Sua mulher, ao lado, séria, em silêncio. Pisou um pouco mais. Fome.

O barulho das latas se retorcendo em uma batida é coisa para se ouvir por várias vidas. Não é um estrondo, não é um ruído. É uma espécie de virada de dimensão. É o som reverberado por um outro som, interior. O som do medo. O carro deslizou, de cabeça para baixo, a metros dele, e parou. O silêncio que precede um acidente é coisa de outro mundo. São milhões de microssegundos que entram na carne e nos ossos da gente como agulhas. Depois os gritos, os choros, os lamentos. Ele viu tudo antes do pó de vidro entrar em seus olhos.

Por duas vezes tinha avisado ao seu motorista, o carro está esquisito, deslizando em qualquer poça. Decidiu que ele mesmo ia ao mecânico. Sem paciência, deixou para amanhã. Começou a chover leve na subida. Preferiu acelerar para chegar mais rápido. Sua mulher continuava em silêncio, ao lado, os meninos dormiram, nem percebeu a ausência do cinto de segurança. Vou parar, pensou, e acelerou, vou chegar mais rápido, fome. Voou.

A pimenta em seus olhos. Pó de vidro. Abria e só vultos. Sentou-se no chão, chorou de dor. Os gritos vindos do carro tinham cessado. Ouviu gente chegando, falando alto, carros parando. Uma mulher que passava começou a soluçar. Um rapaz perguntou se ele estava no carro, se precisava de ajuda. Não estou enxergando nada, disse, e sentiu o quente na mão. Era sangue. Ia morrer, pensou.

Veio o SAMU, ele na maca, na beira da estrada, aos poucos saindo o pó de vidro, enxergando. Ao abrir os olhos, viu. Abriu os olhos e viu de novo, o carro retorcido, um dos meninos, os seus olhos, parados, num átimo. Preferiu cegar.

13.

O sinal, a respiração presa
e a eternidade

(Quando ódio e esquecimento se misturam)

Olhos fixos nos pontos vermelhos que compunham o círculo do sinal. Olhos fixos. Ela não imaginava aquilo. Cela sem privada, baratas no chão, frio. O pior era o frio. Ouvia, do lado de fora, barulho de mar. Sem travesseiro, sem cobertor, apenas um lençol de tecido áspero, cheiro duvidoso. Chuveiro sem cano, água fria saindo da parede. Pernilongos. E a terrível dor nas costas, fruto de uma lordose sem cura.

Duas buzinadas delicadas. Até estranhou, havia se passado aqueles três ou quatro infinitos segundos. Arrancou. Trânsito pesado. A cena da prisão voltou inesperadamente. Há muito tempo não se lembrava daquilo. Os choques elétricos, o estupro com objetos, as porradas, os cachorros, até bichos peçonhentos eles soltavam, no escuro. Memórias do cárcere. Ódio e esquecimento eram coisas misturadas, hoje.

Chegou no escritório, direto para o café. Amargo no estômago, azia. A leitura dos contratos não havia. A sensação de abandono e insegurança venceu, pelo direito à lembrança. Jogou-se no sofá e parou de respirar. Fazia sempre isso, para medir a resistência. Quando não aguentava mais, soltava o ar, exasperada. Repetia o procedimento quase suicida. Parar de respirar é bom, coloca as coisas em seus devidos lugares, pensava.

Na brincadeira de visível e invisível, a cicatriz no lábio lembrava a porrada com mão de ferro. Na canela as marcas da corrente no pau de arara, o corte nas costas que ela sentia, mas nunca via. Coisas pequenas, invisíveis. Segredos de caserna, quase. Mas eles sabiam latejar na hora certa. Moravam na casa da memória, que só os fantasmas visitam.

Até hoje se pergunta por que foi se esconder debaixo da cama quando os meganhas estouraram o aparelho. Mari e João saltaram do segundo andar e sumiram. Ela foi quase morta de pancada ali mesmo. Era setembro de 1969. Os ipês floriam tão lindos como hoje. De Botafogo foi levada direto para a Ilha das Flores, base naval da Marinha, do temido Cenimar. Na cela ao lado, passou noites ouvindo os gritos de Celso e Mário, submetidos ao "galeto": presos num poste, sofriam choques. Embaixo, uma fogueira.

Volta para casa, os olhos fixos no círculo pontilhado do sinal vermelho. A eternidade recomeça.

14.

O vulcão, o rum e a bola dividida entre continentes

(Como Lígia apareceu do nada e Deus, só no final)

Na calçada, moleques jogavam pelada. A bola voava perigosamente para a rua. A brincadeira era dar um drible no ônibus, chutando a bola entre as rodas. Se ela saísse lá do outro lado, ilesa, era festa. Errando, estourava. Aí a meninada não perdoava e enchia de porrada quem tinha chutado. Na Guajajaras, entre Olegário Maciel e Bias Fortes.

"Você não sabe os fantasmas que a gente enfrenta todos os dias", disse Sérgio, franzindo o semblante, enigmático. Nós somos iguais: nós nos fizemos. Saímos da casca sem reboco, mal acabados, infernais. Nem Deus estava por ali, naquela hora. Só depois, muito depois, quando ele viu que fez o certo por mal traçadas linhas, resolveu dar o ar de sua graça. Era tarde, era o final.

Naquela tarde de dezembro, Júnior estava demais. Já tinha dado duas tesouras, um soco, um carrinho e uma cotovelada. A pelada corria furiosa. Serginho era um carinha esperto, forte e bom de bola. Difícil de segurar, era liso. Usava bem o muro da casa da Lígia para dar o drible da vaca. Lígia só olhava. Ela nunca saía. Diziam que bebia loló.

Sérgio titubeou. Deu mais um gole no rum com suco de laranja e se lembrou do pão que o diabo amassou.

As histórias corriam feito lava, que demora a devorar a terra e tudo o mais que vê pela frente. Até conseguir o Green Card, muita água passou embaixo daquela ponte. A mesma água que fez emergir o pior e o melhor escondidos no fundo. No fundo do fundo. Tomou outra talagada. "Você entende o que eu digo", sussurrou.

No terceiro rabo de vaca seguido, Júnior se descontrolou. Desceu o braço, de cima para baixo, no alto da cabeça de Serginho. Ele desmontou na hora. Caiu desmaiado. Metade dos meninos correu para socorrer o Serginho e a outra, para encher o Júnior de porrada. O ônibus 3216 subiu urrando a Guajajaras. Ninguém sabia o que fazer e ele, ali desmaiado. Lígia apareceu do nada.

Lúcido, lúcido. Não havia bebida que o descontrolasse. Falava rápido, pausado, sabia contar as histórias de sua vida. A vida de outra vida, em outra cidade, de outro país. A vida que seguiu por lá mas parou por aqui. Continentes separados por águas da memória em lava de vulcão. Descem lentamente destruindo tudo. Mas renovando tudo. A dor de cabeça voltou. Sempre a mesma, infernal. Desde muito.

Lígia tirou do bolso da calça um vidrinho de perfume. Colocou no nariz de Serginho. Ele deu um salto, parou em pé na primeira cafungada. Olhou para o lado, tudo rodou e caiu de novo. Mas caiu acordado, melhor. A cabeça doeu, os meninos ao redor, Lígia parada. A cabeça continuava doendo. Percebeu que Deus estava ali. E apareceu, de novo, no final. No outro Continente.

15.

Quarenta e cinco minutos, o segredo e o vulto

(Sobre a vontade que tinha se instaurado, e o celular)

A vontade tinha se instaurado. Não havia mais como evitar. Os sinais foram emitidos, ele ignorou. Mensagens pelo SMS, WhatsApp e mesmo Facebook eram intensas. Ela tentou negociar, negacear, negar. Mas a vontade havia se instaurado. Contra ela, um mar de lágrimas, tristezas. Mas a vontade tinha se instaurado. Era traição, pensou.

O vulto na estrada. Gelado, ele não desviou. Chuva, vai derrapar, não pise nos freios, vai bater. Concentrou-se, fechou os olhos. Atropelou o vulto, que passou por seu corpo, fantasma. Sentiu o coração gelar, quase morte. Repetiu, repassou: o vulto na estrada escura, chovendo. Não desviou, por medo de acidente. O vulto entrou em seu coração. Não foi acidente.

Não conseguia parar de pensar nele. Um absurdo, nem sabia direito quem era o sujeito. Tinha olhos emocionados na foto no WhatsApp. Barba rala, olhar fixo nela. Umidade, estranheza, curiosidade. Algo de ruim estava para acontecer, enquanto algo de bom se instaurava. Negaceou, procurou negar. Não com ela, não exatamente do mesmo jeito, igual anos atrás, divagou.

Onze degraus. No sétimo, um rangido. Abaixo, o segredo de uma vida. O sétimo selo de um homem que teve a vida destroçada por um segundo de insensatez. O segredo que continuava em segredo. O mistério perfeito. Lembrou-se do vulto na estrada, ele ainda estava em seu corpo. O calor do sangue nas mãos, o frescor do coração gelado. O segredo. Não foi acidente.

Aquilo poderia ser a sua ruína, pensava. Mensagens iam surgindo, respondidas e sendo apagadas. A sensação do medo e estranheza levava a outras, menos honradas. Seu primeiro casamento, com Juán tinha acabado assim. O motor da raiva ligado nas pequenas misérias do cotidiano, a vontade crescendo. A vontade do outro. Não poderia acontecer assim, de novo. Mas ela temia. E sabia. A vontade, traição.

Por dias, o celular escondia e revelava as vidas dos dois. Amantes, se conheciam profundamente, pelo teclar dos dedos e revelações, aos montes. Tinham pressa em se conhecer, tinham a pressa do passado que não bastava mais. Onde? Na casa dele, ela. Onde? Na minha casa, ele sugeriu. Quarenta e cinco minutos, no meio da tarde, passaram rápido. E tudo aconteceu ali. Em quarenta e cinco minutos.

Buscou forças para relembrar. O vulto na estrada, sem desviar, o fantasma que passou por ele. A chuva ácida destruindo o que havia sido construído por anos. A raiva cedendo andar abaixo, derrubando paredes, levando a alma para outro lugar, mais adiante, distante, errado. Não entendeu as mãos sujas de sangue. O segredo, não foi acidente.

Ela chegou em casa, quarenta e cinco minutos, foi para o banho. Ele chegou logo depois, distraído, celular em cima da cama, ao lado da bolsa. Tocou, atendeu, silêncio. Desligou, mudou de aplicativo, leu as mensagens no WhatsApp, depois Facebook. O segredo. Não foi acidente.

16.

Se fosse antes, o cimento, a lápide de concreto

(Sobre como a humanidade acabou em sonho)

25.12.2052. Cinco anos após a data de validade. Cinco anos, e Natal, que ironia. Abriu a lata e comeu o atum. Logo vieram a acidez, o enjoo. Normal. Morava nos tubos de circulação. Um pequeno cômodo no final, hermeticamente fechado. A peste havia dizimado a humanidade. A guerra bacteriológica. A Idade Média no futuro. Sem armas nem tiros. Poucos, como Raphael, tinham conseguido escapar, enfiados nos abrigos construídos às pressas, ali por 2045, pela Norton Inc. Ele havia desenhado o mapa dos tubos e sabia seus segredos.

Não via um ser humano havia tempos. Os tubos sempre traziam um ou outro, desgarrado. Meses sem sons, sem ruídos, contrariando as previsões. Pelas contas, mais um ou dois anos, no máximo, sairia dali. Tinha tomado todos os cuidados. Acumulou um bom estoque de comida, água e remédios. Mas não contava com as lesmas. Radioativas, noctívagas e abstratas, se materializavam sobre a pele, durante o sono. Sugavam lentamente um pouco de sangue e desapareciam. Sabiam a importância de manter viva a presa.

O sonho se repetia, monótono. Ele chegava à noite ao cemitério, abria a sepultura, afastando a lápide. Com um punhal, limpava cuidadosamente o cimento que prendia a laje de concreto acima do caixão, empurrava e entrava. Deitava em cima do caixão. Em segundos, estava lá dentro. Depois, o inverso era automático. A laje se fechava, o cimento, a lápide e o silêncio, escuridão. A quase-morte. A lesma despertou Raphael. Uma picada mínima, quase indolor. Um parasita era sua única companhia. Chega, era demais. Precisava explorar. Tinha que sair dali. A peste, a lápide, a lesma. Tinha que sair dali. Avançou pelos tubos em direção à saída, pela primeira vez. Quase correndo, parou. Fracasso e medo. Voltou. Não conseguiu.

Tinha reservado livros. A luz, por energia solar, nunca faltou ao quarto mínimo, cadeia. Foi ler. Ouviu um som. Susto, correu para o corredor. Andou pelo tubo. Ouvido atento. O ruído tornou-se barulho, cadafalso, era água. Som de cachoeira. Correu e trancou-se no quarto. O estrondo da água no aço da porta. Abaixo, nas frestas, ela começou a entrar. Sonhou: o cemitério, a lápide, o vulto. Raphael conseguiu ver, desta vez, luz, antes. A laje de concreto, de novo.

17.

Roberto, França e o duelo na Savassi

(Sobre o ruído que não veio, depois de tanto tempo)

"Você será o juiz. Mande ele escolher as armas", disse Roberto, ao telefone, voz áspera, naquela manhã seca de agosto. Que conversa é esta? Tudo por causa daquela bobagem na biblioteca? Foi só um relance, uma conversa à toa. Ele não queria bizorrar sua mulher. De forma alguma. "Nós já conversamos, está acertado. Será no dia 30 de agosto, à meia-noite, no quarteirão da Rua Tomé de Souza, entre Avenida Getúlio Vargas e Rua Rio Grande do Norte, na Savassi. As árvores e o Mandala fechado, como testemunhas. E você, como juiz, apontando para mim. Manda ele escolher as armas."

Desisti. Liguei para o França. "Que coisa é essa, amigo? Duelo? Nesta altura do campeonato? Me poupe! E por mulher? Você fala como se estivesse precisando!" "Não se trata disso. É uma questão de honra. Mas não tem esse negócio de armas. Vou é quebrar a cara dele, na mão mesmo." Horas e horas, dias de trocas de telefonemas. Insultos, explicações, digressões, amor e ódio. Os dois escritores, grandes amigos, estavam ali, prontos para jogar fora uma amizade de anos e anos. Eu não sabia mais o que fazer para contemporizar.

"Pronto. Já que você não ajudou, nós escolhemos: garruchas, de um tiro só. Aquelas de cabo de osso. São perfeitas." "Mas onde vocês vão arranjar essas relíquias?" "Eu tenho um amigo colecionador. Será como antigamente. De costas, andando, dez passos, paramos. Você dá a ordem, a gente se vira e atira." "Eu não vou dar ordem, eu não vou na Tomé de Souza, eu não vou estar lá! Vocês são malucos, se entendam! Tô fora." "Vai sim. Em nome da nossa amizade, vai estar, sim. E ponto-final."

Conversa de louco. Decidido, eu não podia faltar. Vou para ver eles se reconciliarem. São amigos e se admiraram a vida inteira. Vou e faço eles se entenderem. Dia 30 de agosto, quinze para meia-noite, nós três no lusco-fusco da Tomé de Souza. As grandes árvores escondem os postes de luz. Silêncio bruto.

"Tá aqui a caixa com as armas. Confere. Vocês estão loucos, vamos conversar, deixa disso..." "Esquece, deixa que eu confiro. Tá certo. Pega a sua, tá quase na hora. De costas, anda, sem papo-furado." Andaram. Eu mandei parar. Eles se viraram e atiraram. Não ouvi nada. Mas os dois caíram, atingidos simultaneamente. Levantaram-se e, em silêncio, foram embora. Eu fiquei ali, mudo, roseano. Tempos depois, uma noite acordei com a notícia da morte do França, de acidente de carro. Depois o Roberto, de infarto. Sem duelo.

18.

Toda a tristeza do mundo, num *flash*

(Ou sobre a casca do machucado de Semíramis)

Semíramis encontrou refúgio embaixo da mesa de jantar. Seus pais discutiam alto na sala. Palavrões, grosserias, empurrões. Quando objetos começaram a voar, correu para debaixo da cama. A visão da madeira do estrado, do colchão colorido e da beirada do lençol era um alento. Em seguida, a porta bateu com força e o som da TV invadiu a casa.

O *Jornal Nacional* de voz grossa falava de um pai que tinha jogado a filha da janela do terceiro andar do prédio. Semíramis tremeu. Saiu de baixo da cama e aninhou-se no armário. Deixou a porta entreaberta. A pequena luz mostrava as poucas roupas, o cheiro forte de almíscar. A voz grave na televisão não ocultou o choro contido de sua mãe. Abraçou as pernas, dentro do armário, e sentiu-se, como nunca, só.

No dia seguinte, dentro do ônibus escolar, a manhã fria. Os colegas brincando, tristeza. Na sala de aula, ausência. No recreio, um canto de janela, o abrigo. Na voz ritmada da professora, o conforto. A sirene do final da aula, a angústia. A voz grave do moço da televisão voltou, num *flash*. Ansiedade. Tirou casquinhas do machucado. Comeu. Ao chegar em casa, sua mãe, em silêncio, abraçou-a.

Instantes de aconchego. Sussurrou-lhe uma cantiga no ouvido, suspirou fundo. Semíramis lembrou-se do colchão estampado, *flash*. Coladas, dançaram "Rio 40 Graus" a todo volume. Semíramis ria, esquecida de tudo. Alegria, luz. A noite chegou rapidamente. Dormiu sem ver seu pai. Sonhou com água, cachoeira abaixo. Caindo, gritava, tresloucada. Deslizava na pedra da cascata. Acordou com uma mão puxando sua perna. Com força, muita força. De relance, o vulto do pai, bêbado, urrando. Sentiu a cabeça bater forte do chão, uma dor imensa. Perdeu os sentidos.

As manchetes dos jornais, no dia seguinte, trouxeram a história da briga de casal, que terminou com a morte da menina de nome literário: Semíramis. Casal de classe média baixa, bebida, agressões, desespero. A mãe ameaçou sair de casa e levar a filha. Enlouquecido, o pai tentou raptar a menina.

Velório de criança, toda a tristeza do mundo num só lugar. A mãe não consegue tirar os olhos do machucado no braço de Semíramis, sem casca, que ainda não cicatrizou.

19.
Uma aura índigo serena as rochas de Göreme

(Como as crianças se tornaram anjos sem olhos)

Silêncio absoluto na gruta de Göreme, na Capadócia. Centenas de anos atrás, crentes e descrentes se juntaram, escravos, e escavaram na pedra a morada de Deus. Pintaram, desenharam, sem fé. Era o tempo dos trogloditas. Mjaes lutou, mas foi capturado. Seus três filhos foram poupados, eram brutos.

Os três, crianças ainda, cavavam como adultos. Lindos, iluminavam o Vale. Eram especiais. Sozinhos, à noite, choravam a sorte que a vida lhes deu. Tentaram a fuga. Foram pegos antes de chegar a Ortahisar e castigados com a morte. O dia amanheceu e três cabeças rolaram. Mjaes enlouqueceu. Emudeceu, junto. Fechou-se na gruta a fazer afrescos. Pintou anjos, arcanjos e o sofrimento de Cristo.

As cavernas de Göreme foram invadidas pelos turcos. O mundo conhecido foi invadido pelos turcos. Os desenhos de Mjaes foram descobertos. Tamanha a beleza, os bárbaros riscaram os olhos de seus filhos, os anjos. Mas não tiveram coragem de destruir os afrescos. Os bárbaros admiraram a beleza dos traços de um pai louco e desesperado.

Centenas de anos de depois, crianças visitam as igrejas de Göreme. Poucos conhecem a história de Mjaes. Ela corre na boca do vento, em segredo de família, entre as vielas das cidades subterrâneas da Turquia. Ninguém se lembra do sangue nem das cabeças decepadas. A história se tornou lenda e nas paredes vulcânicas se eternizou.

Lá fora, o calor escaldante. Dentro da Tokali Kilise, um frio na espinha. As crianças, antes agitadas, emudeceram. Ao entrar, dão-se as mãos. O pai estranha. A mãe não presta atenção, fixa nos lápis-lazúli das cenas do martírio, na abóboda. Todas as imagens com olhos riscados, cegos. Uma ponte de madeira mínima separa o átrio. Atrás do púlpito, três rostos, asas ao largo. Gabriel, Rafael e Ariel. Olhos riscados na pedra. As três crianças escapolem e ultrapassam a corda que isola o público. Tensão. Raio, como um raio, surge uma caneta na mão de um deles que desenha, em preto, olhos nos anjos.

Ninguém percebe a pichação, graças. Saem pai e mãe contritos de beleza e pânico. A noite chega demorada, azul-vinil. Os turistas, aos poucos, se vão. O silêncio toma conta do Vale de Göreme. Uma aura índigo serena as rochas. Mjaes vê, e sorri.

20.

As juras na Igreja, as bombas, o sinal fechado

(Como a água escorre na cabeça, ao rezar)

No sinal, parado no olhar da modelo do *outdoor*. Veio a Igreja de Lourdes, o juramento. Ambos com dezessete anos, um casal lindo de dar inveja. Mãos dadas, rezaram e pediram que Deus desse forças para que aquele amor se consolidasse. Promessas de amor eterno, os santos ao redor, as abóbadas, a luz roxa atrás da Nossa Senhora. O primeiro amor dos dois. Prevendo sofrimento, choraram. Mas não faziam ideia do que estava por vir.

Saltou, sem medir a temperatura da água. A pedra alta, um perigo. O tempo parou. No fundo da piscina, o frio se tornou pedra. A água gelada impediu a dor do impacto. A cabeça esquentou, sentiu o sangue sair, não tinha movimentos. Só respirou porque boiou. Os amigos acudiram, muito sangue, ouviu, antes de apagar. Sem dor, sonhou com uma corrida interminável, seus pés doendo, pulmão quase estourando, esgotamento.

Casamento marcado. Emprego no Estado, futuro promissor. Apartamento emprestado por tio rico, móveis e enxoval, tudo pronto. Jovens, muito a estudar, muito a viver. A dúvida veio e a levou para São Paulo. A noite trouxe segredos inconfessáveis que até hoje ele tenta desvendar.

Antes, ela terminou. Não dava conta, tinha uma vida pela frente. A frase ficou durante anos. A cena da Igreja voltou, agora em mágoa. Raiva. Perguntas. Abandono. Amor parado no tempo.

Cinco anos de recuperação, fisioterapia. Os movimentos aos poucos voltaram. De perda total à recuperação, outro ser humano se formou. Deixou para trás o costumeiro *blasé*, a catarse, o sarcasmo das noites nos botecos. Abandonou as drogas, em especial, a bebida. Mas a noite em que ouviu ela tocar viola de arco, aos dezesseis anos, nunca saiu de sua cabeça. Mesmo quando foi para São Paulo, depois, Tel Aviv, em seguida, Nova Iorque. Ao tomar banho, pegou a mania de encostar a cabeça no azulejo e rezar. Por tudo, por ela.

Desejou que as bombas caindo em Tel Aviv fossem direto para o seu coração. Conseguiu seu número, ligava incessantemente. Ela tinha que ir embora daquele lugar sem lei. Chegou a Belo Horizonte em uma noite chuvosa. Viram-se no dia seguinte. A dúvida voltou, como se não tivessem se passado quinze anos daquela noite na Igreja de Lourdes. No meio do amor, a campainha tocou. Ele foi atender. Ao voltar, ela não estava mais em seu quarto. Foi sonho, delírio.

O amor deixa marcas abissais. Aos dezesseis, juras, promessas, certezas. Aos trinta e um, o reencontro. Os dois, a dúvida, o fundo da piscina e as bombas em Tel Aviv, a música. Encostou novamente a cabeça no azulejo durante o banho e chorou. O sinal abriu, a modelo do *outdoor* desviou o olhar.

21.

Helvécio, a visão e Cartagena

(Como as caixas de correio, ao pé da cama)

Ao pé da cama, ele surgiu. Empertigado, magro, roupa escura de padre, mãos postas em oração, cabeça baixa, um capuz cobrindo o rosto. Helvécio abafou um grito, saltou para trás. Na escuridão, voltou para debaixo dos lençóis, rápido, e rezou bravamente. Ao contrário, a lembrança da visão o acalmou, e aos poucos, foi repassando o filme, revendo, descansando, aquietando, adormeceu. Foi sonho (foi sonho). Bella não acordou.

Há tempos, Bella estava fixada em caixas de correio. Ao chegar às cidades que visitava, começava a caçada. Em Nova Iorque, uma casa no Soho. Uma réplica de uma casa francesa, inacreditável. Fotografou a mais linda caixa de correio que já viu na vida. Coisa de duzentos anos, no mínimo. Viajou nas cartas de amor que ali entraram. As missivas que nunca viu. Entristeceu.

Dia seguinte, corpo mole, estranho. A lembrança, que era sonho e susto, dormitou durante todo o dia. Tomou coragem, contou para Bella, se arrepiou e pediu para esquecer aquilo. Olhou para o céu azul, suspirou. Contava ou não contava as outras visões? O velho no meio da porta, entra não entra, o vulto na escada, olhos no telhado da casa, a moça sentada na sala, tinha se acostumado. Mas o susto era grande. Calou-se.

Bella não gostou de Cartagena. Cidade do século dezesseis, murada e sem nenhuma caixa de correio. Como eles se comunicavam? Descobriu que a troca de correspondências, naquela época, era subversão. Que o livro, texto, carta, qualquer coisa escrita tinha sido banida. Os espanhóis proibiram, os locais se comunicavam em dialetos. Os becos da cidade entre muros escondiam segredos que as cartas não iam revelar. Mas uma casa, apenas, tinha uma espécie de caixa de correio. Decidiu bater.

O anjo, ou coisa que o valha, não lhe saía da cabeça. Estava rezando, sim, ao pé da cama. Mas não mostrava os olhos. E olhos são a janela da alma. Voltou à lembrança. Ele não se mexia. Mãos postas, orando. Tentou levitar, entrar em contato, entender. Mesmo em sonho, era realidade. Ele viu, não estava dormindo. Decidiu escrever uma carta, um conto, um texto. Helvécio sentiu-se estranho. Nunca fora assim. Caneta, papel, sentimentos à mostra.

A casa não tinha campainha. Nó da madeira, Bella bateu três vezes. Nada. Mais três toques. A porta se abre. Mãos à mostra, cabeça baixa, roupa escura, de padre. Levantou os olhos, mostrou a carta. Helvécio.

22.

Duas mortes, um acidente
e o amor, que tarda

(Sobre a velhice e o corredor em espiral, infinito)

Madrugada alta. O corredor se expandiu. Viu a maca virar à esquerda, entrar na sala, os enfermeiros sumirem. A solidão cresceu, virou infinita, em espiral. O cirurgião aparece, coloca a cabeça para fora da sala e faz sinal de positivo. Aliviado, ele pega uma cadeira, abre as portas que deveriam estar fechadas, senta no início do corredor, em silêncio. Reza. Ficará ali por horas. Ouve seu sangue fluir, lentamente. O amor.

Toca o telefone da casa do vizinho que, em seguida bate à sua porta. Uma ligação de São Paulo, querem falar com você, diz. O telefone de sua casa havia sido cortado. Em pleno final de Plano Cruzado, a falência era só mais um detalhe. Do outro lado, um repórter do *Estado de S. Paulo* pede um depoimento sobre a morte do antropólogo João Lovaglio. Sua mulher, Ana Salvatore, estivera há dois meses em Belo Horizonte com ele. Fala qualquer coisa estúpida e, atônito, agradece ao vizinho, que olha esquisito. Ana não merece isso, pensa.

Durante a segunda cirurgia, decide ficar com as crianças. No caminho, imagina a cena no hospital, os detalhes, enquanto passa o filme da paisagem urbana. Elas estavam na casa dos avós maternos. A recém-nascida ainda no berçário, onde ficará por mais quatorze dias. Um breve abraço, palavras toscas, sem toda a verdade, evasivas. No fundo de seus olhos, suas filhas sentem a mesma solidão do corredor branco do bloco cirúrgico. Volta apressado. Esperará mais uma hora, desta vez na antessala. Mas desta vez não ouve nada. Nem o fluir do sangue.

À noite, João diz palavras incompreensíveis. Ana Salvatore entende tudo. Chama imediatamente a ambulância, João dá uns roncos esquisitos. Ela não consegue acompanhar o socorro, ele grita seu nome, ronca alto e faz silêncio. Os paramédicos iniciam os procedimentos de ressuscitação. Três minutos apenas. O coração. Foi rápido. Muito rápido. E começam os telefonemas. As filhas chegam, tomam o controle, vem o desamparo. Quando a ex-mulher, companheira de mais de trinta anos, chega, é expulsa, como se fosse natural. Sai, escreve poemas, incessantemente. Era sua função, naquele momento.

Ela não vai conseguir resistir a outra cirurgia, diz um. Mas é necessária, diz outro. O coágulo não vai ceder. E parece que não é só isso. Uma provável lesão de ureter. Ouve opiniões, palpites, participa das análises clínicas. Aumenta o número de especialistas envolvidos. Dr. Lenzer é convocado, de São Paulo. Lidera a equipe. Decidem operar novamente. O problema é quando. Já se vão dez dias de UTI. O intestino não funciona, íleo paralítico, aprendeu. Às suas costas, dizem: não passa de doze dias. Ele ouve, sangra, em silêncio.

Seu ex-marido, Carlos José Estragão, está com uma doença terminal. Volta para Fortaleza, vira enfermeira, mãe, cuidadora do homem que em um dia distante ela amou por tantos anos. Agora, solidariedade, amizade, o pai de seus filhos. Cuida. E o desamparo. Ao lado dos sentimentos em colisão, assiste à morte de Carlos, lenta e dolorosa. Ao redor, anões e gnomos, anãs, personagens de seus romances. Desta vez, o luto é compartilhado em família, em dor de morte de pai, os filhos estraçalhados. A memória de João, a memória de Carlos. Muito a sofrer. Muito a escrever, ainda. Lembra Hannah Arendt: "toda dor pode ser suportada se sobre ela puder ser contada uma história".

Domingo. A lentidão do domingo. Eles decidiram operar às 14h. Desta vez, ele vai junto, mãos dadas. Fica um bom tempo na sala de preparação com ela. Os enfermeiros reprovam, tiram-no dali. O olhar, o olhar, o olhar! Vai para a antessala, onde estão os outros familiares. Não suporta. Desce para o carro, dá uma volta no quarteirão, para em frente ao hospital. Olha o movimento da rua, chora copiosamente. Suas filhas estão em casa, nada a fazer. Há dias não sente seu coração, não ouve o sangue. Volta, o frio, as trocas intensas, o medo, o suor, o sonho. A espera monta refúgio no fundo da alma. Nada a fazer. Longe do amor.

Ana conheceu Antônio tonto, e muito. Passou ao largo. Ele insistiu. Mas no dia seguinte, sóbrio. Tornou-se o maior amor de sua vida. Amor tardio, sólido, equilibrado. Nunca mais bebeu. Ela sorveu as mágoas, as tristezas dos amores passados. Abriu-se. Ele tornou-se outro. Melhor: o amor incondicional na velhice. Ambos escrevem, agora, ele mais. As mortes, só lembranças. Os anões e outros personagens voltaram para o seu lugar, o inconsciente. O sonho se tornou real. Ana e Antônio.

A imagem parada: na cadeira de rodas, o carro na porta do hospital, cinco amigas. Ela entra, amparada. Uma longa convalescença pela frente, ainda várias sequelas. Foram, ao total, seis cirurgias. O tempo parado no ponto infinito, em pausa. Histórias ainda por contar, por muitos anos. O sangue novamente flui, sonoro. O corredor se comprime, infinito, em espiral. Olha para ela, descansa, agradece. O amor tarda.

23.

Lucíola, a perfeição e o anel da Turquia

(Sobre o grito que enfim saiu perfeito, sem nós)

Vânia entregou a caixa de metal revestida de veludo vermelho com preocupação. "Confira se ele está aí", disse. Nada. Júlio tirou joia por joia e não achou o anel da Turquia. O cordão de ouro estava enrolado no pingente, no brinco e em um anel de ametista. Um rolo só. Esticou em cima do vidro da mesa. Pegou um canivete, duas agulhas, franziu os olhos e começou a batalha. "Isso vai levar horas", falou aquela vozinha pessimista dentro da cabeça. Eram muitos os nós.

Há dias, Vânia suspeitava que alguma coisa estava errada. Lucíola, distante. Tinha só dois anos de vida, e distante. Brincava sozinha, não gostava de companhia. "Esquisita", diziam os familiares. Esquisita é o nome que as pessoas dão para os especiais. O músico, o poeta, o artista, o mudo, o surdo, os deficientes visuais. Todos são especiais, esquisitos.

Tirou um por um dos penduricalhos agarrados no cordão. "Ouro, ouro, ouro", a vozinha falou enquanto operava. Era um quase-bordado, no qual as agulhas, cirurgicamente, tratavam os nós. Quase uma cirurgia, precisava de mais luz. Mas o anel de ametista não saía. Grudado em nós. Em vários nós.

Lucíola aprendeu a falar muito custosamente. Articulava com dificuldade as sílabas. Os exames já haviam confirmado: surda, ou quase. Voz alta, grave, fina, distante. Olhar distante. Desespero, tristeza, agonia. Vânia começou a temer o pior. Aos dez anos, o primeiro susto: pulou na piscina sem medo. Sem nenhum medo. Foi socorrida a tempo. Mas o medo nasceu em Vânia.

Uma hora já se passara. Dedos doendo, olhos coçando. Nós permanentes. Uma doença, um malogro, esses nós. Ao final, o ódio tomou conta de Júlio. Queria jogar aquele imprestável cordão no lixo, não importava quanto valesse. Por que ele não era perfeito? Saíra da ourivesaria perfeito, feito com carinho, agora esse nó no escuro da caixa de metal vermelho. Vontade de destruir. Merda.

Aos doze anos, atravessou a rua sem olhar para lado algum. Ninguém percebeu. Estavam todos caminhando, normalmente, na calçada do Parque Municipal. Ela desviou e, quando Vânia olhou para trás, Lucíola colocava o pé na calçada lá do outro lado da Avenida Afonso Pena. O sinal abriu. Desesperada, no meio da Avenida, viu seu amor desmoronar. Segundos eternos depois, já do outro lado, agarrou-se à menina que a olhava, sem entender nada. "É uma fase", falou aquela voz, aquela voz.

Ficou um nó. Um único nó, absoluto e impossível de ser retirado. Um nó sólido, que impedia o uso do cordão. Era visível. Um único e miserável nó, que mostrava a todos a feiura da artesania em ouro. A face miserável da criação. Mais fácil romper do que desfazer. Só aquele nó, a colocar tudo a perder. "Perdido!", a vozinha sussurrou.

Sem olhar para trás, aos quinze, Lucíola deu o passo à frente. Todos ouviram o grito. Límpido, cristalino, perfeito. Sem nós.

24.

Na divisa, os olhos de carvão em Celeste

(Sobre a Igreja de São José e a dica de Paulo Coelho)

De um lado, no alto, seis signos do zodíaco. Do outro, os outros seis. O horóscopo inteiro nas paredes. Abaixo, salpicados, os quatro elementos da magia gravados nos azulejos. À frente, eles estão em todo o presbitério, até a altura do olhar, compondo uma cerâmica de fogo, terra, água e ar: os quatro elementos da magia. Pequenas gárgulas nos cantos. Dizem existir outras, em segredo.

Foi Paulo Coelho quem cantou esta pedra a Celeste: "A Igreja de São José, em Belo Horizonte, é lindíssima – assim como os seus mistérios. Encontre-os". Ali estão 40 medalhões dos antepassados de Jesus, de Abraão até São José. Ao lado das janelas inferiores, os quatro evangelistas protegem os Doze Apóstolos. Seis Doutores da Igreja dormem acima dos arcos, e nos altares laterais do lado direito, cenas da vida de Santo Afonso de Ligório, o fundador da Ordem dos Redentoristas, construtores da Igreja. Dizem que eram os Templários mais bravos.

Correu para lá. Ficou presa no trânsito e se atrasou. Chegou exatamente às dezoito horas, instante em que o céu e terra se misturam, num átimo. A missa em curso. Tonteou. Firmou-se no portal da entrada, a Igreja cheia.

Logo alguém cedeu seu lugar para Celeste se sentar, bem no final. Aos poucos, melhorou. Só via nucas, cabelos, costas. O sermão corria moralmente.

Levantou olhar, enfim. No meio do público, à direita, gelou: um corpo com a cabeça horrenda virada para trás. Cabelos secos, pretos e lisos, dentes finos à mostra. Olhos de carvão cravados nos dela. Foram terríveis milésimos de segundos. De um salto estava fora da Igreja, transtornada com a visão.

Conseguiu chegar até o ponto de ônibus, subiu, sentou-se na janela. No caminho, em cima da marquise, um *flash*, um vulto. De cócoras, braços ao redor das pernas, olhos de carvão, ela o viu. Celeste sentiu o mesmo arrepio, gelou, congelou em calafrios. A escuridão veio e levou a sensação. Já estava chegando, em breve estaria em casa.

Desceu do ônibus e caminhou firme e insegura. Tinha lido tudo sobre a Igreja de São José. Inaugurada em 1910, com a forma de uma perfeita cruz latina, os nomes dos padres holandeses redentoristas rodando em sua cabeça. No alto, quatorze santos de um lado e quatorze santas de outro, o zodíaco nas paredes, um sinal de que Deus é o Criador do Céu e da Terra. A magia.

Apagou a luz, rezou fervorosamente, queria esquecer tudo. Mas não conseguia dormir. Rivotril à mão, tomou logo dez gotas, para apagar. E foi. Na divisa da porta, meio corpo para dentro, meio corpo para fora, os olhos de carvão fixados nela.

25.
Sem pensar, o féretro, depois de tantos anos

(A solidão tem vários lados; o medo, não)

Atravessou absorto o corredor, sem olhar para ninguém. Todos o viram, ofereceram um olhar cruzado, em solidariedade. As algemas doíam, os braços para trás, humilhação indizível. Dois policiais, coletes da DPF, o levavam, discretos. O elevador demorou décadas para chegar. A porta se abre. Marina quase desmaiou quando viu Orlando. Ela saindo, ele entrando. Um *flash* detonou seu coração. Sensação de quase-morte em vida. Embaixo, na portaria, traição. Dezenas de fotógrafos já estavam ali há horas. Como souberam? Nem ele sabia. Abaixou a cabeça, o policial segurou seu ombro, guiando as chifradas. Entrou no camburão. O barulho da porta bateu por toda a vida. Luz nas frestas, alheamento, medo, solidão. Solidão.

Já havia sido preso na ditadura. Ali, o medo era colado na certeza da morte. Torturado até às últimas, não falou nada nas primeiras 48 horas. Era o limite. Daí para a frente, eles procuravam outros. Valia a informação imediata, para estourar aparelhos. Agora não. Agora era a solidão imensa. Dali para o DOI-CODI e de lá para o presídio comum. Tempo sem lei.

A barba branca, impotência, maus-tratos e nenhuma piedade. Saiu da cadeia e voltou para sua terra natal, no interior de Minas. Cidade de 100 mil habitantes, tranquila, sem desemprego. Ninguém o conhecia mais. Foi direto para o cemitério ler nomes de parentes nas lápides. Encontrou muitos. E de muitos amigos. Já haviam se passado mais de quarenta anos. Normal.

Conseguiu, com documentos falsos, emprego de porteiro noturno num hotel. Alugou um quarto em pensão domiciliar com banheiro no corredor. Quase não falava, havia poucos clientes na madrugada. Saía às 7 horas, dormia até o meio-dia. Voltava todos os dias ao cemitério. Como antigamente, ali havia paz. Às vezes levava flores, depositava nos jazigos com nomes da infância. Josué, Humberto, Flávio, a menina Lorena. Simpática, feia, tinha lembrança boa.

Um dia, ao sair, cruzou com um féretro. Acompanhou, por instinto. Poucas pessoas, tristeza de sempre no ar. Reza, choro, desce o caixão. Morreu súbito, do coração, ouve, entredentes. Todos se vão. Ele fica. Restara uma flor. Chegou mais perto, colocou na lápide, entre as outras coroas. Um *flash* detonou seu coração. Marina o encontrara, enfim.

26.

Tarde branca, sem sentido, Père-Lachaise

(A história de um vulto, alcalino,
que voltou de madrugada)

Preferia não estar ali. Mas era tarde. Passeava pelos túmulos como se estivesse num parque. O cemitério Père-Lachaise era literário. Ali estavam os corpos decompostos de Oscar Wilde, Marcel Proust, Honoré de Balzac, Paul Éluard, La Fontaine e Cyrano de Bergerac.

Marta parou no túmulo de Alan Kardec. Dezenas de buquês, flores recentes, cheirosas. Um devoto com regador cuidava delas. Vivo, é claro. Coerente para quem acredita na vida após a morte, divagou, irônica. Vagou por ali umas duas horas, sem se fixar em nada. Amante de cemitérios, fazia questão de visitar. É o museu mais interessante das cidades, brincava. Mas Père-Lachaise não a tocou. Os túmulos simples, colados uns nos outros, os mausoléus com esculturas monumentais, lindíssimas, feitas pelos principais artistas da época, não a comoveram. Muito estranho.

Muro dos Federados. Calafrio. Ali, cento e quarenta e sete dirigentes da Comuna de Paris, entre homens e mulheres, foram fuzilados, em 1871. Decidiu ir embora. No portão de saída, fila. Turistas, pensou, ao ouvir um sussurro: "Com licença, *mademoiselle*". A moça, quase senhora, passou à frente de todos, sem se importar com as reclamações. Um vestígio de indignação brotou mas se foi. Ela estava branca, lisa. Dias assim sem sentimentos, como nuvem, como brisa. Ao longe, avistou novamente a moça, parada um pouco à frente da porta, do lado de fora do Père-Lachaise. Vestido bordado com cuidado, cabelos longos, trançados atrás. Passou. Nem ligou.

Paris estava quente, seca e incômoda naquela tarde. Melhor caminhar até encontrar um bistrô e pausar com um vinho *rosé* gelado. Foi o que fez, até chegar a noite e o álcool amolecer as carnes, torpor. Nessa época, a noite chega em Paris na hora de dormir, bem tarde. E foi para o *studio*, alugado por temporada.

No caminho de volta, metrô, o coração doeu. Taquicardia. Marta não entendeu o motivo da apreensão. Ao chegar, sua filha Isaura já a esperava. Conversaram, nada demais. Nem se lembrou de contar a visita ao cemitério. Fugaz.

Dormiam juntas no único quarto. Madrugada alta, vento frio. Janelas fechadas. O vulto se materializou, claro, límpido, alcalino. A moça passando ao lado. O mesmo vestido bordado. Foi e voltou. Manchas de terra e sangue. Não houve troca de olhares. Ela passou, por eternos dois segundos, e sumiu. A noite foi longa, silenciosa, insone. Não podia falar nada, medo de acordar Isaura. Olhos no teto, escuro, misto de pânico e serenidade. Vai amanhecer, pensou. Père-Lachaise.

Poemas

Ao sul da Tempestade

e passo
infestado de tardes remotas
às conjecturas da paixão:
– amiga, lembra que os frascos
continham a verve, sangue
de paisagens diamantinas
e nosso tempo divergia em
série, tonalidade e exaustão?

– lembra que os corpos unidos
eram seiva do riacho caudaloso
ao passo que céu mais brando

trazia aos limites
as conspirações bordadas no ocaso
e ao acaso, acaso, acaso
o suor das mãos
                            não acabou?

– amiga, o Tempo levou nosso caso
aquecido no céu mais brando
e o olhar ficou
aterrado no outeiro das rosas

fraco, fraco, fraco,
mais frágil que saudade
do luar que nunca veremos
– lembra, amiga, e passo novamente
às leituras do amor:
não há noite, poema, lua alta
que traga o céu mais brando
– nem projeto, olhar, perfídia
que mereça
luz ao sul da Tempestade

Avarias de uma noite & fotos

I - (Os Gatos)
Nisso surgiu o felino traçando malabarismo rua afora. Não parecia notar nossa presença, pois saltava sem receios tentando alcançar um inseto. Continuamos sentados na soleira da porta e, por medo ou ironia, cantávamos canções de ninar enquanto passavam os gatos, que agora infestavam a rua. Uma névoa encobriu os postes e desceu lenta até o asfalto afugentando os bichanos que já nos rodeavam, inquietos.

II - (A Vigília)
Era a vez dos vaga-lumes e a noite vagarosamente pensou por intervalos de luz e sombra. Do nosso refúgio, ouvindo Prokofiev, a casa cobriu-se de heras e sonhou-se um delírio de filmes e narcóticos. Nossos corpos, cobertos de insetos, aguardavam a lua surgir entre os nimbos e ruflar a prata de suas ideias. Assim morosamente, dispersou-se a nuvem de insetos.

III - (A Tormenta)
Limpo o ar, serenada a distância, Zoé recostou a cabeça em meu colo e, sem dizer palavra, mostrou-se insegura. A brisa, antes apenas, tornou-se ventania e, rapidamente, fúria. Mas somente nossos cabelos, em tons vários, cediam

à força do vento e inventavam colisóes nos ombros, braços
e arredores dos nossos corpos, táo unidos.

IV - (Os Insetos)
A manhã pousou lenta nas vidraças e a casa, sem magia,
abriu seus quartos, bocejante. Nisso, o felino passou em
piruetas pela rua afora atrás de um inseto. Zoé levantou-se,
extraiu meu olhar e se foi.

Fiquei, os gatos, insetos.

O tempo quando para

O tempo quando para
alisa outros lugares
azulejados pomares
repleto de cor púrpura

para com o tempo
a ventania dos meus anos
tantos que nem faço mais
planos

O tempo se parasse
atravessaria planos e faria ver
outros tantos desencantos
que a idade esconde

O tempo revela
quem se esconde à frente
de falsos planos
de vida eterna

Aí vem os amores tardios
as tardes amarelas
os sons polifônicos
a dureza do branco

e a cor e a cor e a cor
destruindo ossos
aos poucos demolindo
poços
de luz e memória

Os sonhos de vastidão
tempo para
os bolos de linha
tempo desfaz
os vasos de sono
tempo encharca
o som de veias abertas
tempo traz

e o corpo carrega a mágoa
dos amores ambíguos
o corpo amarra o tempo à morte
faz rodar a carretilha o carrilhão
mesmo com o mar em calmaria

o corpo traz o sangue e o som
desafinado
o tempo sabe ser o portal da ilusão

à espreita disfarça
taquicardia
a mesma de ontem.

Piscina do mundo

E fico reinventando sonhos morosos
planos de conquistas em gerúndio
a noite, tempo, solidão
– não passam

Fico abstrato como leito de rio
manso cavando olhares na turba
– envelhecendo na província de marquises

Assentando meus cadáveres lado a lado
aguardo sereno fugirem de mim
a rede, o traço
                e entre luas
continuo retirando corpos esbranquiçados
da piscina repleta

Suscitando lembranças vagas
os dias passam sobre o meu corpo
– pele sobre ossos –
e, Deus, quero enfim solidão & marasmo
das ilhas do Atlântico Sul
                    dos navios de guerra
frações de segundo antes do bombardeio

Sabendo a criação
asserção do desequilíbrio
faço versos em moto-contínuo
e avanço tácito à piscina do mundo
– depois descansar nos versos de Cardenal
tubérculos da inconsequência

Sobre como os segredos são tratados

em nuvem
cada qual é seu próprio assunto
sem igualdade

em virgem
cada um esconde seu diadema
sem semelhança

em vertigem
chegará o dia dos caminhos unidos
sem volta

em desordem
os segredos são maltratados
desmedidos

em verdade
os segredos foram criados
para serem revelados

em seguida
segregados

Este livro foi composto com tipografia Adobe Garamond Pro
e impresso em papel Off-White 90 g/m² na Formato Artes Gráficas.